LES JOYEUSES

HISTOIRES

DE NOS PÈRES

XII

PARIS. — SOC. D'IMP. PAUL DUPONT (CL.)

LES JOYEUSES
HISTOIRES
DE NOS PÈRES

> Mieux est de ris que de larmes écrire
> Parce que rire est le propre de l'homme.
> RABELAIS.

XII

LE CURÉ CLOUÉ — LES CULOTTES NOIRES
L'ERMITE CONTINENT MALGRÉ LUI — LE CASIER
LES LUNETTES DE L'ABBESSE, ETC.

PARIS
CHEZ TOUS LES LIBRAIRES
M.DCCC.XCI

I

LE CURÉ CLOUÉ

Il y a cent ans ou environ, il est advenu, en une paroisse que je ne nommerai, une joyeuse aventure que je mettrai ici, parce qu'elle est digne d'être contée.

En notre bonne ville, il y avait un marié de qui la femme était belle, douce et gracieuse, et avec tout cela très amoureuse d'un seigneur d'église, son propre curé et prochain voisin, qui ne l'aimait rien moins qu'elle lui; mais, trouver la manière comment ils se pourraient conjoindre bien amoureusement ensemble fut difficile, combien qu'en la fin fut trouvée, et par l'engin de la dame en la façon que je vous dirai.

Le bon mari était orfèvre, tant allumé et ardent en convoitise qu'il ne dormait heure ni bon somme pour travailler. Chaque jour, il se levait une heure ou deux avant le jour, et laissait sa femme prendre la longue matinée jusques à huit ou neuf heures, ou aussi longuement qu'il lui plaisait.

Cette bonne et entière amoureuse, voyant son mari chaque jour continuer la diligence et entente de se lever pour ouvrer et marteler, s'avisa qu'elle emploierait avec son curé le temps qu'elle était abandonnée de son mari, et que, à telle heure, son dit amoureux la pourrait visiter sans le su de son dit mari, car la maison du curé était mitoyenne avec la sienne.

La bonne manière fut découverte et mise en termes à notre curé, qui la prisa très bien, et lui sembla bien que très aisément le ferait et secrètement. Ainsi donc que la façon fut trouvée et mise en termes, tout ainsi fut-elle exécutée, et le plus tôt que les amants purent, et la continuèrent par aucun temps qui dura assez longuement.

Mais comme fortune, envieuse peut-être de leur bien et doux passe-temps, le voulait, leur cas fut découvert malheureusement en la manière que vous entendrez.

Cet orfèvre avait un serviteur, qui était amoureux et jaloux très grandement de sa dame; et, parce que très subtilement il avait perçu notre maître curé parler à sa dame, il se doutait très fort de ce qui était. Mais la manière comment cela pouvait se faire, il ne le pouvait imaginer, si ce n'était que le curé vînt à l'heure qu'il forgeait au plus fort avec son maître.

Cette imagination lui heurta tant à la tête qu'il fit le guet et se mit aux écoutes pour savoir la vérité de ce qu'il ignorait. Il fit si bon guet qu'il perçut et eut vraie expérience du fait; car, une matinée, il vit le curé venir tantôt après que l'orfèvre fut vidé de sa chambre, et y entrer, puis fermer l'huys.

Quand il fut bien sûr que sa suspicion était vraie, il se découvrit à son maître et lui dit en cette manière :

— Mon maître, je vous sers, de votre grâce, non pas seulement pour gagner votre argent, manger votre pain et faire bien et loyalement votre besogne, mais aussi pour garder votre honneur et votre dommage empêcher, et si autrement faisais, digne ne serais d'être votre serviteur. J'ai eu déjà suspicion que notre curé vous fit déplaisir, et je vous l'ai célé jusques à ce que j'en aie eu la vraie expérience. Et afin que vous ne croyiez que je vous veuille en vain tromper, je vous prie que nous allions dans votre chambre, et je sais que l'on l'y trouvera maintenant.

Quand le bonhomme ouït ces nouvelles, il se tint très bien de rire, et fut content de visiter sa chambre en la compagnie de son valet, qui lui fit promettre qu'il ne tuerait point le curé, car autrement ne lui voulait point tenir compagnie, mais trop bien voulait qu'il fût bien puni.

Ils montèrent en la chambre, qui fut tantôt ouverte; et le mari entra le premier, et vit que monseigneur le curé tenait sa femme entre ses bras et forgeait ainsi qu'il pouvait. Aussi il s'écria :

— A mort, à mort, ribaud! Qui vous a ici bouté?

Qui fut bien ébahi? ce fut maître curé, et demanda merci.

— Ne donnez mot, ribaud prêtre, ou je vous tuerai maintenant.

— Hà! mon voisin, pour Dieu merci, dit le curé, faites de moi votre bon plaisir.

— Par l'âme de mon père, avant que vous m'échappiez, je vous mettrai en tel état que jamais n'aurez volonté de marteler sur enclume féminine. Sus, laissez-vous manier, si vous ne voulez mourir.

Le pauvre malheureux se laissa lier par ses deux ennemis sur un banc, le ventre dessus, et les deux jambes écartées en dehors du banc. Si bien il fut lié qu'il ne pouvait rien mouvoir que la tête; puis, il fut porté en une petite maisonnette qui était derrière l'hôtel de l'orfèvre, et près de la place où il fondait son argent.

Quand il fut au lieu où l'on le voulait avoir, l'orfèvre envoya quérir deux grands clous à large tête, desquels il attacha au banc les deux marteaux qui avaient, en son absence, forgé sur l'enclume de sa femme, et puis le délia de tout point. Puis, prenant une poignée de ripes, il mit le feu en la maisonnette, abandonna notre curé, et s'enfuit dans la rue sans crier au feu.

Quand le prêtre se vit environné de feu, et que remède n'y avait qu'il ne lui faillît perdre les génitoires ou être brûlé, se lève et s'encourt, et laisse sa bourse clouée. L'effroi du feu fut tantôt élevé par toute la rue, si venaient les voisins pour l'éteindre. Mais notre curé disait qu'il en venait, et que tout le dommage qui en pouvait advenir était déjà advenu, et que aider plus n'y pouvaient; mais il ne leur disait pas le dommage qui le concernait.

Ainsi fut le pauvre amoureux curé, salarié du service qu'il fit à amours, par le moyen de la fausse et traîtresse jalousie du valet.

M. DE SANTILLY (XVe siècle).

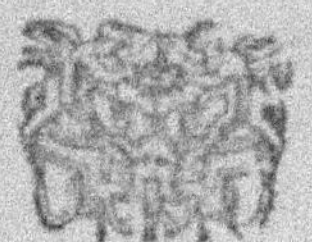

II

LES CULOTTES NOIRES

J'étais sur le point de partir pour Paris et je bouclais déjà mes malles, lorsqu'un laquais vint m'annoncer un marchand et sa fille, jolie personne que j'avais remarquée en passant pendant le dîner : car je mangeais à table d'hôte pour me distraire.

Les ayant fait entrer, le père m'adressa poliment la parole, en me disant :

— Monsieur, je viens vous demander une

grâce qui ne vous coûtera qu'un peu d'incommodité et qui m'obligera infiniment ainsi que ma fille.

— Que puis-je faire pour vous? je pars demain au point du jour.

— Je le sais, monsieur, car vous l'avez dit à table; mais nous serons prêts à toute heure. Daignez prendre ma fille dans votre chaise; je payerai, comme de raison, un troisième cheval, et je courrai à franc étrier.

— Il y a apparence que vous n'avez pas vu ma chaise.

— Pardonnez-moi, je l'ai vue. C'est un solitaire, mais le siège a beaucoup de fond, et en vous tenant un peu dedans, elle pourra très bien s'arranger sur le bord, car elle est mince. C'est une importunité, je le sens; mais si vous pouviez imaginer le bien que vous nous ferez par cette complaisance, je suis sûr que vous ne nous la refuseriez pas. Toutes les places sont prises à la diligence jusqu'à la semaine prochaine, et si dans six jours je ne suis pas à Paris, je perds mon pain.

Je regarde la jeune fille avec attention, et je la trouve trop bien pour que, voyageant seul avec elle, je puisse me tenir dans les bornes de la simple politesse. J'avais l'âme triste, et le martyre que je venais d'endurer en me séparant de Marcoline,ma chère maîtresse, m'avait inspiré le projet d'éviter toute occasion de contracter des engagements qui pussent avoir des suites. Je croyais ce parti nécessaire.

— Cette fille, me disais-je, peut, pour mon malheur, avoir tant de charmes dans l'esprit ou dans le caractère que je pourrais en devenir amoureux, si j'avais la faiblesse de céder à ce qu'on me demande; et je ne le veux pas.

— M'adressant alors au père, sans regarder la demoiselle, je lui dis :

— Votre situation, monsieur, me fait la plus grande peine, mais je ne saurais y remédier, tant j'y vois d'inconvénients.

— Vous pensez peut-être, monsieur, que je ne pourrai point résister à courir tant de postes de suite ; mais ne craignez rien.

— Le cheval peut s'abattre, vous pouvez vous faire du mal ; et si cela arrivait, je me connais : il faudrait que je m'arrêtasse malgré vous, et je suis pressé. Je ne veux pas courir ce risque.

— Hélas ! monsieur, consentez.

— Il y a une autre raison que je ne crois pas devoir vous dire. Enfin, monsieur, c'est impossible.

— Au nom du ciel, monsieur, daignez m'accorder la grâce que je vous demande. Je me tiendrai assise à vos pieds afin de ne vous incommoder que le moins possible.

— Eh ! mademoiselle, je ne suis ni cruel ni impoli.

Puis, me tournant vers le père :

— Une calèche de poste coûte six louis. Les voilà. Je vous prie de les accepter.

— Monsieur, je rends hommage à votre vertu et j'admire votre générosité, mais quoique plein de reconnaissance, je ne puis accepter le don que vous voulez me faire. Adèle, sortons. Allons, ma pauvre enfant !

— Attendez un moment, mon père.

Adèle le pria d'attendre, parce que les larmes la suffoquaient. Ce tableau me mit en fureur ; mais ayant rencontré les beaux yeux de cette jeune personne, je ne pus fermer mon cœur à la pitié qu'elle m'inspira, et je lui dis :

— Apaisez-vous, mademoiselle. Il ne sera pas dit que j'aie pu être insensible aux pleurs de la beauté. Je cède, car sans cela je ne pourrais pas dormir ; mais j'exige une chose, dis-je en parlant au père : Vous ne trouverez pas mauvais de monter derrière ma voiture.

— J'y monterai très volontiers, mais votre domestique ?

— Il me précède à franc étrier. Allez donc vous coucher, et soyez prêt à six heures.

— Nous le serons, monsieur, mais vous me permettrez de payer un cheval.

— Vous ne payerez rien, cela me déshonorerait. Je vous déposerai à Paris l'un et l'autre sans qu'il vous en coûte une obole, et là vous me remercierez, si vous voulez. Le marché ne peut avoir lieu qu'à ces conditions. Tenez, voilà mademoiselle Adèle qui rit, et cela me paye assez.

J'allai me coucher, soumis à ma destinée. Je pressentais que je ne pourrais résister aux charmes de cette nouvelle beauté, et je m'arrangeai pour ne point prolonger la tentation au delà de deux jours. Cette Adèle si jolie, aux yeux bleus admirablement bien fendus, au teint de lis et de rose, à la bouche mignonne et parfaitement meublée, au corsage délicat encore, mais qui promettait un superbe développement, car elle était aux confins de l'adolescence. Que de motifs pour prévoir une nouvelle chute. Je me couchai en remerciant mon bon génie du soin qu'il prenait de m'empêcher d'avoir de l'ennui, pendant ce court voyage.

Un moment avant le départ, Adèle, simplement vêtue, mais très propre, vint me souhaiter le bonjour d'un air de contentement, en me disant que son père prendrait le parti de mettre derrière la voiture une petite malle dans laquelle étaient leurs hardes; et, me voyant affairé à mettre quelques effets en ordre, elle me demanda si elle pouvait m'être utile.

— Non, lui dis-je, mais prenez un siège. Elle s'assit, mais de cet air timide et embarrassé qui me déplaît, parce qu'il semble exprimer le sentiment de la dépendance. Je le lui dis avec douceur et l'encourageai à prendre du café avec moi, ce qu'elle fit en perdant de son embarras. Le père arriva sur ces entrefaites. Je lui fis quelques questions oiseuses, et il m'apprit qu'il était veuf, qu'Adèle était son unique enfant, qu'il s'appelait Moreau et qu'il allait se placer dans une fabrique.

* * *

Je montai dans mon solitaire vers les neuf heures. Adèle fut obligée de s'asseoir entre mes jambes, mais elle se tenait mal à l'aise. Je l'engageai à s'approcher afin d'être mieux d'aplomb ; mais, ne pouvant s'appuyer que sur moi, je n'osai point l'exciter à le faire, car la position aurait été de prime abord un peu trop scabreuse.

Le père Moreau se plaça sur le siège de derrière, et mon domestique allant à cheval, nous étions tête à tête, ou plutôt tête à dos, et forcés à un contact ininterrompu. Dans cette position, je fis jaser la jeune fille jusqu'au premier relai, mais sans aucune malice, et dans le seul but de passer le temps.

Nous étions descendus pendant qu'on relayait, et lorsque nous remontâmes en voiture, Adèle, obligée de lever fortement la jambe, me laissa voir une culotte noire. J'ai toujours eu de l'horreur pour les femmes culottées, mais surtout pour une culotte noire.

— Moreau, dis-je au père, qui l'aidait par derrière, votre fille m'a montré sa culotte noire.

Adèle rougit, et le père répliqua en riant :

— C'est fort heureux qu'elle ne vous ait montré que cela.

Cette réponse me plut; mais la maudite culotte m'avait tellement offusqué la vue que j'en devins tout morose. Je crus y voir une idée offensante, un moyen de défense; choses fort raisonnables sans doute, mais que je trouvais déplacées dans une jeune fille, qui ne devait point soupçonner le danger, ou qui devait bien se garder de le laisser penser. Comme je ne pouvais ni lui rien reprocher ni vaincre l'humeur qui s'était emparée de moi, je me contentai d'être poli, mais je ne lui parlai plus jusqu'à Saint-Symphorien que pour la prier de s'asseoir plus commodément; tandis que jusqu'au moment où la fatale culotte s'était manifestée à mes regards, je l'avais amusée par ces riens de bonne compagnie qui font passer le temps sans fatiguer l'esprit.

En arrivant à Saint-Symphorien, je dis à

mon domestique de nous devancer, de me faire préparer un bon souper pour trois à Roanne, et d'aller se coucher jusqu'à la pointe du jour.

Vers le milieu du chemin, Adèle me dit qu'il fallait qu'elle m'incommodât, puisque je n'étais plus aussi gai que je l'avais été. Je lui assurai que non, et que je ne me tenais si tranquille que pour la laisser dans un repos parfait.

— Je vous suis bien reconnaissante de votre intention, me dit-elle : mais vous avez bien tort de croire qu'en me parlant, vous puissiez troubler mon repos. Souffrez que je vous dise ce que je pense ; vous ne me dites pas la véritable raison de votre changement d'humeur.

— Et croyez-vous en connaître la véritable raison ?

— Oui, ou au moins je l'imagine.

— Eh bien, dites-la-moi.

— C'est depuis que vous avez vu mes culottes.

— C'est vrai; ces culottes noires m'ont mis du noir dans l'âme.

— J'en suis fâchée; mais avouez que je ne pouvais pas deviner, d'abord que vous verriez mes culottes, et puis que la couleur noire vous déplaisait.

— C'est encore très vrai; mais, le hasard m'ayant fait découvrir la chose, vous pardonnerez aussi l'effet qu'elle a produit sur moi. Ce noir m'a donné des idées lugubres, tandis que le blanc m'en aurait inspiré de riantes. Portez-vous toujours ce vilain vêtement?

— C'est la première fois.

— Vous voyez donc bien qu'en en mettant aujourd'hui, vous avez fait une action inconvenante.

— Inconvenante?

— Oui, selon moi. Écoutez, Adèle. Qu'auriez-vous dit si ce matin j'avais mis des jupes? Vous auriez trouvé la chose inconvenante. Vous riez?

— Excusez, et permettez-moi de rire, car

je n'ai jamais rien entendu de plus plaisant. Au reste, vous avez tort d'établir cette comparaison, qui n'est pas juste; car tout le monde vous aurait vu en jupes, ce qui aurait été ridicule, tandis que personne ne pouvait deviner que j'eusse des culottes.

Je cédai à cette analyse, charmé de trouver en cette jeune personne assez d'esprit pour démasquer le sophisme ; mais je continuai à être sobre de paroles.

A Roanne, nous eûmes un assez bon souper, et Moreau, sentant bien que sans Adèle il n'aurait ni soupé avec moi ni voyagé gratis, fut enchanté quand je lui dis que sa fille, bien loin de me gêner, me tenait très bonne compagnie. Je lui rendis compte de notre discussion sur les culottes, et il donna tort à sa fille en riant comme un bienheureux. Je l'édifiai après souper, en lui disant qu'il coucherait, avec sa fille, dans la chambre où nous étions et dans laquelle se trouvaient deux lits, et que j'irais passer la nuit dans un cabinet voisin.

***

Le lendemain, au moment du départ, mon rusé domestique me dit qu'il me devancerait pour préparer ma couchée, ajoutant que, puisque nous avions perdu une nuit, nous ne risquions rien d'en perdre une seconde. Je lui dis de s'arrêter à Saint-Pierre-le-Moutier et d'avoir soin que je trouve un bon souper.

Quand nous fûmes en voiture, Adèle me remercia.

— Vous n'aimez donc pas à aller la nuit ? lui dis-je.

— Cela me serait égal, si je n'avais pas peur de m'endormir et de tomber sur vous.

— Vous me porteriez bonheur, ma chère Adèle. Une jolie fille comme vous est un agréable fardeau.

Elle ne répondit rien, mais elle me comprit ; ma déclaration était faite ; mais, pour me l'assurer douce comme un agneau, je devais la voir venir. Je gardai donc de nouveau le silence jusqu'à notre arrivée à Varennes.

Là je lui dis :

— Si je savais, ma chère Adèle, que vous voulussiez manger un poulet d'aussi bon appétit que moi, nous dînerions ici.

— Essayez, et je tâcherai de vous tenir tête.

Nous dînâmes bien et bûmes mieux, de sorte que nous en partîmes un peu gris. Adèle, qui buvait du vin deux ou trois fois par an, riait de ne pouvoir se tenir debout et n'était pas sans inquiétude.

Je la consolai en lui disant que les fumées du champagne n'étaient pas de longue durée ; mais bientôt, résistant au sommeil de toutes ses forces et ne pouvant le vaincre, elle laissa tomber sa jolie tête sur ma poitrine et dormit profondément pendant deux heures. Je la respectai soigneusement, quoique je ne pusse résister au désir de m'assurer que le vêtement qui m'avait tant déplu avait entièrement disparu.

Pendant qu'elle dormait, je m'enivrais de volupté, en voyant sa gorge naissante se débattre contre les entraves qui la tenaient légèrement prisonnière ; mais j'imposais un frein à mes désirs, d'autant plus que la découverte que j'avais faite de la disparition de la culotte ne me laissait aucun doute que je trouverais Adèle soumise dès que je voudrais l'attaquer. Cependant je voulais qu'elle se livrât d'elle-même ou qu'au moins elle vînt au-devant de sa défaite ; et je savais que pour cela je n'avais qu'à lui faciliter la voie.

Quand elle s'éveilla, sa surprise fut extrême de se trouver entre mes bras ; elle se confondait en excuses, et je crus, pour la mettre à son aise, devoir lui donner un tendre baiser. Ce moyen fit effet, et le lecteur n'aura pas besoin que je le lui dise ; car qui n'a éprouvé la puissance d'un baiser donné en certaines circonstances !

Comme sa robe était un peu dérangée, elle voulut la rajuster, mais nous étions gênés, et par un mouvement maladroit, elle découvrit son genou. Je partis d'un éclat de rire qui excita le sien, et elle eut la présence d'esprit de dire :

— Pour le coup, j'espère que la couleur noire ne vous aura pas inspiré des idées sombres.

— Mais, chère Adèle, la couleur des roses peut m'en inspirer de délicieuses.

Je vis ses grands yeux se baisser, mais avec ce charme qui annonce le plaisir.

En causant ainsi, et, comme on dit, en jetant de l'huile sur le feu, nous arrivâmes à Moulins, où nous descendîmes quelques instants.

Nous arrivâmes à Saint-Pierre à l'entrée de la nuit ; mais pendant les quatre heures que nous avions mises à venir de Moulins, nous avions fait du chemin, et Adèle était devenue familière comme avec une ancienne connaissance.

Un excellent souper nous attendait, grâce à la diligence de mon domestique, qui était arrivé deux heures avant nous, et qui, après avoir tout soigné pour mon arrivée, était allé se coucher. Nous soupâmes dans une grande chambre où deux grands lits bien blancs nous attendaient.

Je dis à Moreau qu'il coucherait dans l'un avec sa fille et que j'occuperais l'autre ; mais il me répondit que nous occuperions chacun le nôtre, Adèle et moi, car il me demandait la permission de partir pour Nevers de suite après souper, afin d'y trouver un débiteur et être prêt à nous suivre quand nous arriverions le lendemain.

— Si vous m'aviez dit cela, nous serions allés coucher à Nevers.

— Vous avez trop de bonté. Je vais faire ces trois postes et demie à franc étrier. Cela me fera du bien, j'aime l'exercice du cheval. Je vous confie ma fille. Elle sera moins près de vous que dans le solitaire.

— Oh ! nous sommes d'ailleurs fort sages tous les deux.

Après son départ, je dis à Adèle d'aller se coucher dans son lit et de rester habillée si elle ne me croyait pas son ami.

Je ne m'en offenserai point, ma belle, ajoutai-je.

— J'aurais grand tort, reprit-elle, de vous donner cette preuve de méfiance.

Elle se leva, sortit un instant ; puis en rentrant, elle ferma la porte, et quand elle fut près de laisser tomber son dernier vêtement, elle vint m'embrasser. J'écrivais en ce moment, et comme elle s'était approchée en tapinois, j'éprouvai un moment de surprise, au reste fort agréable.

En s'enfuyant vers le lit, elle me dit d'un air mutin :

— Hi ! vous êtes effrayé.

— Tu as tort, ma belle sylphide, mais tu m'as surpris. Reviens, je t'en prie, car je meurs d'envie de te revoir endormie dans mes bras.

— Venez me voir dormir.

— Dormiras-tu toujours ?

— Oui, toujours.

— C'est ce que nous allons voir.

Je jette la plume, et dans un instant je tiens Adèle riante entre mes bras, pleine de feu, livrée à mes désirs, et se bornant à me prier de l'épargner. Je fis tout ce qu'elle voulut, et quoique la chère petite se prêtât de son mieux et avec toute l'ardeur qui facilite la besogne, le premier assaut fut aussi laborieux que l'un des travaux d'Hercule.

Le reste alla mieux, car il n'y a que le premier pas qui coûte ; et quand par trois combats successifs, le champ se trouva tout ensanglanté, nous nous livrâmes au repos.

A cinq heures, mon domestique étant venu frapper à la porte, je lui dis de nous faire servir le café, et nous nous levâmes, sans que je pusse donner le bonjour à mon Adèle ; mais je le lui promis en route.

Quand Adèle fut habillée, elle découvrit l'arène sur laquelle elle avait offert le premier sacrifice à l'amour, et en voyant les traces de sa défaite, elle soupira. Elle fut un peu pensive en prenant le café ; dès que nous fûmes dans notre solitaire, la gaieté revint avec le plaisir, et nous confondions dans nos transports le regret de devoir sitôt achever le voyage.

Nous trouvâmes Moreau à Nevers, désolé que son débiteur ne pût lui payer deux cents francs qu'à midi.

— Tâchez, lui dis-je, de nous préparer un magnifique dîner, et nous partirons quand vous aurez votre argent.

En attendant le dîner, nous allâmes nous enfermer dans une chambre, et après les deux heures, Moreau ayant touché son argent, nous repartîmes.

Nous arrivâmes à Cosne à la brune, et je décidai que nous y passerions la nuit : celle-là valut mieux que la première.

Le lendemain, après avoir déjeuné à Briare, nous allâmes coucher à Fontainebleau, où je possédai ma belle Adèle pour la dernière fois. Nous mîmes quatre heures de Fontainebleau à Paris, mais elles nous parurent bien courtes. Je fis arrêter à Paris auprès du pont Saint-Michel, devant un horloger, et m'étant fait apporter des montres dans ma voiture, j'en achetai une pour quinze louis, et j'en fis présent à Adèle, que je laissai avec son père au coin de la rue aux Ours.

Casanova de Seingalt.

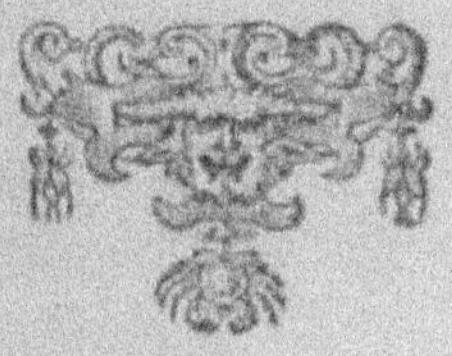

III

L'ERMITE CONTINENT MALGRÉ LUI

L'ermite dont je vais vous conter l'histoire avait passé dans une cellule les deux tiers de sa vie à prier, à jeûner, à combattre la chair et le démon.

Après un aussi long temps de pénitence, il crut que peu de gens sur la terre devaient l'égaler en mérites. Néanmoins, pour s'en assurer, il pria Dieu de le lui faire connaître, et Dieu lui révéla qu'il y avait dans Aquilée un prévôt qui, sans être ermite ni moine, valait mieux que lui. Si cette réponse humilia le solitaire, je vous le laisse à penser, mais elle le fâcha plus encore.

Dans sa douleur, il renonça à la vie ermitique, et jura de ne point se donner de repos, jusqu'à ce qu'il connût par lui-même quelle était la vie de ce prévôt devenu si cher à Dieu. Il partit donc pour Aquilée sans argent et sans ressources, fondant uniquement sa subsistance sur la charité des braves gens. Cependant, afin de ne pas perdre par sa folie tous les mérites qu'il avait acquis jusque-là, il prit le parti de ne boire pendant toute la route que de l'eau pure, et de ne manger que du pain. Enfin, à force de cheminer, il arriva.

La première chose qu'il rencontra, en approchant de la ville, fut une troupe de cavaliers qui en sortaient. Un pauvre se trouvant là par hasard en ce moment, il lui demanda où allaient ces gens armés.

— Beau sire, répondit le mendiant, ils vont pendre un voleur qu'a fait arrêter hier le prévôt, notre justicier.

— Bon homme, reprit le voyageur, montrez-moi, je vous prie, quel est parmi eux le prévôt.

— Il est fort aisé à distinguer, beau sire. C'est celui qui porte une robe écarlate et qui monte ce beau cheval gris.

A la vue d'un pareil faste, il ne faut pas demander si l'ermite fut scandalisé. Cependant, il fendit la presse pour pénétrer jusqu'au prévôt, et le supplia au nom de Dieu de lui donner l'hospitalité. L'autre la lui accorda de grand cœur.

— Prenez, lui dit-il, cet anneau que je vous remets. Allez de ma part le présenter à mon épouse et dites-lui que je la prie de vous recevoir comme elle me recevrait moi-même.

Avec une pareille assurance, le solitaire se rendit chez son hôte, mais il fut fort surpris, en entrant, de trouver une maison magnifique, et dans cette maison, une dame très jolie et très élégamment parée, qui l'accueillit de son mieux.

— Père céleste! se dit-il à lui-même. Quoi!

cet homme obtiendra le paradis, lui qui a toutes ses aises en ce monde, qui possède tout ce qu'on peut désirer, beaux habits, beau palais, belle femme! Si c'est en menant cette vie-là qu'il parvient à être sauvé comme moi, j'ai donc été jusqu'à présent un grand fou de vivre en ermite, et je mériterais bien d'être tondu!

Ces pensées l'occupèrent entièrement jusqu'à l'heure du souper. Deux demoiselles alors vinrent lui présenter de l'eau et une aiguière pour se laver les mains; puis, la dame, le conduisant elle-même à table, le fit asseoir à ses côtés et voulut manger avec lui dans la même assiette. Rien ne manqua au festin en vins rouges et blancs, en volaille, gibier et bonne chère, mais l'ermite ne toucha à rien de ce qu'on servit. La dame l'imita. Elle et son époux avaient depuis dix ans fait vœu de s'abstenir de vin, de chair et de poisson, et pendant tout ce temps, ils avaient exactement observé leur vœu. Ils faisaient tous les jours servir leur table avec luxe, mais pendant que les convives mangeaient devant eux de gros brochets, des pains exquis, du gibier de toute espèce, ils se nourrissaient d'un morceau de pain noir avec un plat de choux cuits à l'eau.

Après souper, le voyageur se retira pour dormir, car il se sentait fatigué. La dame qui, de son côté, cherchait à le bien traiter pour remplir les intentions de son mari, le conduisit dans une chambre très belle et richement tapissée. Là se trouvait un lit bien large et bien douillet, avec sa courte pointe et tous ses ornements. Elle y fit coucher le prud'homme, après quoi elle se déshabilla pour s'y coucher aussi.

Lui, alors, voulut se lever; mais elle lui dit que c'était là son lit et qu'elle n'en prendrait point d'autre. En vain, il la conjura de ne point l'induire à mal et de lui permettre de sortir ou de se retirer elle-même. Elle répondit qu'il était le maître de pratiquer l'abstinence au lit, comme il l'avait pratiquée à la table, et que de son côté elle ne l'empêcherait assurément pas de dormir.

Comptant sur ces promesses, le pauvre ermite se recoucha et tenta de sommeiller. Mais lorsqu'il sentit à ses côtés cette belle femme nue, il fut assailli d'une terrible tentation. Quelques remords l'arrêtèrent pourtant. Il se faisait un scrupule de souiller les saints nœuds du mariage et se serait reproché d'ailleurs de perdre ainsi le fruit de tant d'années de pénitence. Il prit donc le parti de sortir du lit, mais la dame le serra dans ses bras, et le força non seulement à rester, mais encore à s'approcher et à se tourner vers elle.

Au reste, ce n'est pas que son cœur fût tenté du péché auquel elle incitait son hôte. Non, pour un royaume entier, elle n'eût pas voulu se souiller de pareille infamie. Son intention était seulement d'éprouver le solitaire, et elle n'y réussit que trop. Bientôt, en effet, la passion de celui-ci devient si forte qu'il n'en est plus le maître. Il prie la dame de le rendre heureux.

Mais elle lui « ferme la porte », et, le jetant fortement vers la ruelle, le fait tomber dans une cuve de marbre qui était là et qu'on avait remplie d'eau. Or, vous saurez qu'on était en hiver. En un instant, le pauvre hère se trouve transi; il frissonne de tous ses membres; ses dents claquent à faire compassion; enfin, il supplie la dame de le tirer au plus vite de là, si elle ne veut point qu'il y meure. L'autre lui tend la main pour l'aider à remonter, et, après l'avoir replacé à ses côtés, lui permet alors de satisfaire ses désirs.

Hélas! le malheureux n'en avait guère plus l'envie que le pouvoir. Alors, elle le serre contre son sein, elle entrelace autour de lui ses jambes et ses bras, le réchauffe, le ranime : mais il n'est pas plus tôt dégourdi qu'il sent de nouveau l'aiguillon de la chair et qu'il réitère auprès de la dame ses supplications. Elle ne lui répond qu'en le jetant de nouveau dans la cuve. Rentré au lit et réchauffé comme la première fois, il veut encore jouer son jeu : elle recommence le sien, et, pendant le cours de la nuit, éteint ainsi quatre fois de suite son ardeur luxurieuse.

Enfin, le jour parut, et l'ermite, malgré lui puceau de la dame, se leva pour partir.

Traduit de Coinsy, moine de Saint-Médard (XIIIe siècle).

IV

LE CASIER

Dans le bon et doux comté de Saint-Pol, naguère, dans un gros village assez proche de la ville de Saint-Pol, il y avait un bon simple laboureur, marié avec une femme belle et en grand point, de laquelle le curé dudit village était tant amoureux, qu'on ne le pourrait davantage. Et parce qu'il se sentait si épris du feu d'amours et que difficile lui était de servir sa dame sans être connu, ou à tout le moins soupçonné, il pensa qu'il ne pouvait bonnement parvenir à la jouissance d'elle, sans avoir d'abord celle du mari, et qu'il était nécessaire d'en agir ainsi. Il découvrit cet avis à sa dame pour avoir son opinion, et elle lui répondit qu'il était très propice et très bon pour mener à bonne fin leurs amoureuses intentions.

Notre curé, donc, en suivant le conseil, tant de sa dame que le sien propre, fit par gracieux et subtils moyens connaissance de celui dont il voulait être le compagnon ou lieutenant, et tant bien se conduisit avec le bon homme, qu'il ne buvait ni ne mangeait jamais, ni même ne travaillait sans cesser de parler de son bon curé; chaque jour de la semaine, il le voulait avoir à dîner, ou à souper; bref, rien n'était bien fait à la maison du bon homme si le curé n'était présent. Et, par ce moyen, toutes les fois qu'il voulait, il venait chez lui, et à telle heure que bon lui semblait. Mais quand les voisins de ce simple laboureur, voyant par aventure ce qu'il ne pouvait voir, à cause de la crédulité et de la faiblesse qui lui avaient bandé et caché les yeux, lui dirent qu'il ne lui était honnête d'avoir ainsi journellement la visite du curé, et que ça ne pouvait ainsi continuer sans le grand déshonneur de sa femme, mêmement que les autres voisins et ses amis l'en notaient, et parlaient en son absence. Quand le bon homme se sentit aussi aigrement repris de ses voisins, force lui fut de dire au curé qu'il s'abstînt de hanter sa maison; et de fait, il lui défendit par mots exprès et menaces, que jamais il ne s'y trouvât, s'il ne le mandait, affirmant par grands serments que, s'il l'y trouvait, il compterait avec lui, et le ferait receveur, outre son plaisir, et sans lui en savoir gré.

La défense déplut au curé plus que je ne vous saurais dire; mais, nonobstant qu'elle fût aigre, pourtant les amourettes ne furent pas rompues, car elles étaient enracinées si profondément dans les cœurs des deux parties, par les exploits qui s'en étaient suivis, qu'il était impossible de les rompre et de les disjoindre, quelque menace que l'on fît. Or, oyez comment notre curé se gouverna après que la défense lui fut faite. Par l'ordonnance de sa dame il prit règle et coutume de la venir visiter toutes les fois qu'il savait le mari absent. Mais assez lourdement il se conduisit, car il ne sut faire ses visites sans le su des voisins qui avaient été cause que la défense avait été faite, et auxquels le fait autant déplaisait que s'il les eût touchés singulièrement. Le bon homme fut derechef averti par eux, qui lui dirent que le curé avait pris accoutumance d'aller éteindre le feu en sa maison, comme avant la défense. Notre simple mari, oyant ces nouvelles, fut bien ébahi, et encore plus courroucé; et pour y trouver expédient et convenable remède, il pensa à tel moyen que je vous dirai. Il dit à sa femme, sans montrer d'autre semblant qu'il n'avait coutume, qu'il voulait aller, tel jour qu'il nomma, mener à Saint-Omer une charretée de blé, et que, pour mieux faire ses affaires, il y voulait aller lui-même.

Quand le jour nommé qu'il voulait partir

fut venu, il fit, ainsi qu'on a coutume en Picardie, et spécialement autour de Saint-Omer, charger son chariot de blé à minuit, et, à cette même heure, il voulut partir ; et, quand tout fut appareillé et prêt, il prit congé de sa femme et s'en alla avec son chariot. Et, aussitôt qu'il fut hors de sa porte, elle la ferma, et toutes les ouvertures de sa maison. Or, vous devez comprendre que notre marchand de blé fit son Saint-Omer de la maison d'un de ses amis, qui demeurait au bout de la ville, où il alla arriver, et mit son chariot dans la cour dudit ami, qui savait toute la tramée, et qu'il envoya pour faire le guet, et écouter à l'entour de sa maison pour voir si quelque larron y viendrait.

Il n'eut guère attendu que voici maître curé qui vient pour allumer sa chandelle, ou mieux pour l'éteindre, et tout coiement et doucement heurte à la porte de la cour ; lequel fut tantôt ouï de celle qui n'avait pas le talent de dormir en cette attente ; c'était sa dame, laquelle sortit habilement en chemise, et vint mettre son confesseur dans la maison, puis elle ferma la porte, et le mena au lieu où son mari eût dû être.

Or, revenons à notre guetteur, qui, lorsqu'il aperçut tout ce qui fut fait, se leva de son guet et s'en alla sonner sa trompette, et déclara tout au bon mari. Sur quoi, incontinent conseil fut pris et ordonné en cette manière : le marchand de blé feignit de retourner de son voyage avec son chariot de blé, pour certaine aventure qu'il croyait lui advenir ou lui être advenue; alors il vint heurter à sa porte, et hucher sa femme, qui se trouva bien ébahie quand elle ouït sa voix, mais elle ne le fut pas tant qu'elle ne prît bien le temps de cacher son amoureux de curé dans un casier qui était dans la chambre.

Pour vous donner à entendre ce qu'est un casier, c'est un garde-manger, en la façon d'une huche, long et étroit par raison, et assez profond. Après que le curé se fut caché où l'on met les œufs, le beurre, le fromage, et telles autres victuailles, la vaillante ménagère, comme moitié dormant, moitié veillant, se présenta devant son mari, et lui dit :

— Hélas! mon bon mari, quelle aventure pouvez-vous avoir, que si hâtivement vous retournez? certainement, il y a aucune chose et méchef qui ne vous laisse pas faire votre voyage? Hélas! pour Dieu, dites-le-moi vite.

Le bon homme, qui n'en pouvait plus tant il enrageait, combien qu'il n'en fît semblant, voulut aller en sa chambre, et dire là les causes de son hâtif retour. Quand il fut où il croyait trouver son curé, c'est-à-dire en sa chambre, il commença à compter les raisons de la rupture de son voyage. Il dit d'abord que pour le soupçon qu'il avait de sa déloyauté, il craignait très fort d'être du rang des bleus vêtus, qu'on appelle communément nos amis, et que, à cause de ce soupçon, il était retourné. En second lieu, que ce soupçon avait si très fort frappé et heurté à son imagination, que, quand il s'était trouvé hors de sa maison, il ne lui était venu autre chose à l'esprit que le curé était son lieutenant, tandis qu'il allait

4

marchander. Enfin que, pour expérimenter son imagination, il était retourné, et, à cette heure, il voulut avoir la chandelle et regarder si sa femme osait bien coucher sans compagnie en son absence.

Quand il eut achevé les causes de son retour, la bonne dame s'écria, disant :

— Ha! mon bon mari, d'où vous vient maintenant cette vaine jalousie? Avez-vous aperçu en moi autre chose qu'on ne doit voir ni juger d'une bonne, loyale et prude femme ? Hélas! que maudite soit l'heure où je vous ai connu, et où l'alliance de nous deux fut formée, puisque je suis ainsi à tort soupçonnée de ce que mon cœur ne sut jamais penser. Ha! vous me connaissez encore mal, et vous ne savez combien net et entier mon cœur veut être et demeurer.

Le bon marchand eût pu être contraint de croire ses bourdes, s'il n'eût rompu sa parole; il dit qu'il voulait vérifier son imagination. Incontinent, et sans plus la laisser sermonner, il vint fouiller et visiter les angles de sa chambre au mieux qu'il lui fut possible; quand il eut visité ces lieux, sans y trouver ce qu'il cherchait, il avisa le casier, et jugea qu'il convenait que son compagnon y fût; et sans en montrer semblant, il hucha sa femme et lui dit :

— Mon amie, combien que, sans cause, et à grand tort je vous soupçonne d'être envers moi déloyale, et que telle ne soyez que ma fausse imagination me le fait croire, toutefois je suis trop aheurté et enclin à croire et m'arrêter à mon opinion qu'il est impossible d'être jamais plaisamment avec vous. Et pour cela, je vous prie d'être contente du divorce et de la séparation que nous allons opérer, et du partage de nos biens que nous allons diviser amoureusement par égale portion.

La gouge, qui désirait assez ce marché, afin de se trouver plus aisément avec son curé, accorda, sans guère dissimuler, la requête de son mari, à telle condition toutefois, qu'elle faisait la part des meubles, elle commencerait et ferait le premier choix.

— Et pour quelle raison, dit le mari, voulez-vous choisir la première? C'est contre tout droit et justice.

Ils furent longtemps en différend pour choisir le premier; mais, à la fin, le mari vainquit, qui prit le premier, et prit le casier, où il n'y avait que flans, tartes, et fromages, et autres menues victuailles, entre lesquels notre curé était enseveli, et lequel oyait ces bons devis, qui à sa cause se faisaient.

Quand le mari eut choisi le casier, la dame choisit la chaudière, puis le mari un autre meuble, puis elle un autre, et ainsi conséquemment, jusqu'à ce que tout fût réparti et portionné. Après laquelle portion faite, le bon mari dit :

— Je suis content que vous demeuriez en ma maison, jusqu'à ce que vous aurez trouvé logis pour vous; mais de cette heure, je veux emporter ma part, et la mettre en la maison d'un de mes voisins.

— Faites-en, dit-elle, votre bon plaisir.

Et il demanda une bonne et longue corde,

et en lia et ajusta son casier, puis fit venir son charretier, à qui il fit atteler son casier d'un cheval, et le chargea de le mener dans la maison d'un tel son voisin.

La bonne dame, voyant cette délibération, laissait tout convenir, car elle ne s'osait avancer de donner conseil, au contraire, craignant que son casier ne fût ouvert ; ainsi elle abandonna tout à telle aventure que advenir pouvait.

Le casier, ainsi qu'il est dit, fut attelé au cheval, et mené par la rue, pour aller où le bonhomme l'avait ordonné. Mais guère n'alla loin que le maître curé à qui le beurre les œufs crevaient les yeux, cria pour Dieu merci.

Le charretier, oyant cette voix piteuse résonnant de ce casier, descendit tout ébahi, et hucha les gens de son maître qui ouvrirent le casier, où ils trouvèrent le pauvre prisonnier, doré et barbouillé d'œufs, de fromage, de lait, et autres choses plus de cent. Ce pauvre amoureux étant tout piteusement arrangé qu'on ne savait duquel il avait le plus.

Quand le bon mari le vit en ce point, il ne se put tenir de rire, combien qu'il dût être courroucé. Il le laissa courir, et vint montrer à sa femme comment il n'avait pas eu grand tort d'être soupçonneux de sa fausse déloyauté. Elle, qui se vit par cet exemple vaincue, cria merci, et il lui fut pardonné à telle condition que si jamais le cas lui avenait, elle fût mieux avisée de mettre son homme autre part que au casier, car le curé en avait eu sa robe en danger d'être à toujours gâtée. Et, après cette aventure, ils demeurèrent ensemble longtemps, et l'homme rapporta son casier, et je ne sache point que son curé s'y trouvât depuis, lequel, au moyen de cet événement, fut, comme encore est appelé, sire Baudin-casier.

Maître Jehan Lambin.

V

LES LUNETTES DE L'ABBESSE

Il y avait un jeune garçon de l'âge de dix-sept à dix-huit ans, lequel étant, à un jour de fête, entré en un couvent de religieuses, en vit quatre ou cinq qui lui semblèrent fort belles et dont il n'y avait pas une pour laquelle il n'eût trop volontiers rompu son jeûne; et les mit si bien en son imagination qu'il y pensait à toutes heures.

Un jour, comme il en parlait à quelque bon compagnon de sa connaissance, ce compagnon lui dit :

— Sais-tu ce que tu feras! Tu es beau garçon : habille toi en fille et te vas rendre à l'abbesse; elle te recevra aisément; tu n'es point connu en ce pays-ci.

Car il était garçon de métier, et allait et venait par pays.

Il crut assez facilement ce conseil, pensant bien qu'en cela il n'y avait aucun danger qu'il n'évitât bien quand il voudrait.

Il s'habilla en fille assez pauvrement, et s'avisa de se nommer Toinette. Dont de par Dieu s'en va au couvent de ces religieuses, où elle trouva façon de se faire voir à l'abbesse, qui était fort vieille, et, de bonne aventure, n'avait point de chambrière.

Toinette parla à l'abbesse et lui conta assez bien son cas, disant qu'elle était une pauvre orpheline d'un village de là auprès qu'elle lui nomma. Et, en effet, parla si humblement que l'abbesse la trouva à son gré, et, par manière d'aumône, la voulut retirer, lui disant que, pour quelques jours, elle était contente de la prendre, et que, si elle voulait être bonne fille, qu'elle demeurerait là-dedans.

Toinette fit bien la sage et suivit la bonne femme d'abbesse, à laquelle elle sut fort bien complaire, et en même temps se faire aimer de toutes les religieuses; et même, en moins de rien, elle apprit à travailler de l'aiguille (car peut-être qu'elle en savait déjà quelque chose), dont l'abbesse fut si contente qu'elle la voulut incontinent faire nonne de là-dedans.

Quand elle eut l'habit, ce fut bien ce qu'elle demandait, et commença à s'approcher fort près de celles qu'elle voyait les plus belles, et, de privauté en privauté, elle fut mise à coucher avec l'une. Elle n'attendit pas la deuxième nuit, que par honnêtes et aimables jeux elle fit connaître à sa compagne qu'elle avait le ventre cornu, lui faisant entendre que c'était par miracle et vouloir de Dieu.

Pour abréger, elle mit la cheville au pertuis de sa compagne, et s'en trouvèrent bien, et l'une, et l'autre; laquelle chose, en la bonne heure, il (dis-je elle) continua assez longuement, et non seulement avec celle-là, mais encore avec trois ou quatre des autres desquelles elle s'accointa.

Et quand une chose est venue à la connaissance de trois ou quatre personnes, il est aisé que la cinquième le sache, et puis la sixième; de manière qu'entre ces nonnes, y en ayant quelques-unes de belles, et les autres laides, auxquelles Toinette ne faisait pas si grande familiarité qu'aux autres, avec maintes autres conjectures, il leur fut facile de penser je ne sais pas quoi; et y firent tel guet qu'elles les connurent assez certainement et commencèrent à en murmurer si avant que l'abbesse en fut avertie; non pas qu'on lui dit que nommément ce fût sœur Toinette, car elle l'avait mise là-dedans, et puis elle l'aimait fort et ne l'eût pas bonnement cru; mais on lui disait par paroles couvertes qu'elle ne se fiât pas en l'habit, et que toutes celles de céans n'étaient pas si bonnes qu'elle pensait bien, et qu'il y en avait quelqu'une d'entre elles qui faisait déshonneur à la religion, et qui gâtait les religieuses.

Mais quand elle demandait qui c'était et ce que c'était, elles répondaient que, si elle les voulait faire dépouiller, elle le connaîtrait.

L'abbesse, ébahie de cette nouvelle, en voulut savoir la vérité au premier jour, et, pour ce faire, fit venir toutes les religieuses au chapitre.

Sœur Toinette étant avertie par ses mieux aimées de l'intention de l'abbesse, qui était de les visiter toutes nues, attacha sa cheville par le bout avec un filet qu'elle tira par derrière, et accoutre si bien son petit cas, qu'elle semblait avoir le ventre fendu comme les autres à qui n'y eût regardé de bien près; se pensant que l'abbesse, qui ne voyait pas la longueur de son nez, ne le saurait jamais connaître.

Les nonnes comparurent toutes.

L'abbesse leur fit sa remontrance, et leur dit pourquoi elle les avait assemblées et leur commanda qu'elles eussent à se dépouiller toutes nues.

Elle prend ses lunettes pour faire sa revue, et, en les visitant les unes après les autres, elle vint au rang de sœur Toinette, laquelle, voyant ces nonnes toutes nues, fraiches, blanches, grasses, rebondies, elle ne peut être maîtresse d'elle-même. Car, sur le point que l'abbesse avait les yeux le plus près, la corde vint à rompre, et, le laboureur de nature vint tout à coup repousser contre les lunettes de l'abbesse, et les fit sauter à deux grands pas de loin.

Dont la pauvre abbesse fut si surprise qu'elle s'écria :

— Jésus Maria! Ah! sans faute, dit-elle, et est-ce vous! Mais qui l'eût jamais cru ainsi! Que vous m'avez abusée.

Toutefois, qu'y eût-elle fait, sinon qu'il fallut y remédier par patience, car elle n'eût pas voulu scandaliser la religion.

Sœur Toinette eut congé de s'en aller avec promesse de sauver l'honneur des filles religieuses.

UN CONTEUR DU XVIe SIÈCLE.

VI

UN TÉMOIN PEU GÊNANT

Ce n'est pas chose accoutumée, spécialement en ce royaume, que les belles dames et damoiselles se trouvent volontiers et souvent en la compagnie de gentils compagnons. Et à l'occasion des bons et joyeux passetemps qu'elles ont avec eux, les gracieuses et douces requêtes qu'ils leur font ne sont pas si difficiles à demander. A ce propos, n'a pas longtemps qu'un très gentil homme qu'on peut mettre au rang des princes, dont je laisse le nom en ma plume, se trouva tant en la grâce d'une très belle damoiselle qui mariée était, dont le bruit n'est pas si peu connu que le plus grand maître de ce royaume ne se tînt très heureux d'en être retenu serviteur, laquelle lui veut de fait montrer le bien qu'elle lui voulait. Mais ce ne fut pas à sa première volonté, tant l'empêchaient les anciens adversaires et ennemis d'amours. Et par espécial plus lui nuisait son bon mari, tenant le lieu en ce cas du très maudit Danger : si ne fût-il, son gentil serviteur n'eut pas encore à lui enlever ce que bonnement et par honneur donner ne lui pouvait. Et pensez que ce serviteur n'était pas moyennement malcontent de cette longue attente, car l'achèvement de sa gente chasse lui était plus grand bonheur et trop plus désiré que nul autre quelconque bien qui lui pouvait jamais advenir. Et à cette cause, tant continua son pourchaz que sa dame lui dit :

— Je ne suis pas moins déplaisante que vous par ma foi, que je ne vous puis faire autre chère; mais vous savez, tant que mon mari soit céans, force est qu'il soit entretenu.

— Hélas! dit-il, et n'est-il pas moyen que se puisse trouver d'abréger mon dur et cruel martyre?

Elle qui, comme dessus est dit, n'était pas en moindre désir de se trouver à part avec son serviteur que lui-même, lui dit

— Venez cette nuit, à certaine heure, heurter à ma chambre; je vous ferai mettre dedans et trouverai façon d'être délivrée de mon mari, si fortune ne détourne mon entreprise.

Le serviteur n'entendit jamais chose qui mieux lui plût, et après des remerciements gracieux et doux, en ce cas dont il était bon maître et ouvrier, se part d'elle, et s'en va attendant et désirant l'heure assignée. Or devez-vous savoir que environ une bonne heure, ou plus ou moins, devant l'heure assignée dessus dite, notre gentille damoiselle avec ses femmes et son mari, qui va derrière pour cette heure, était en sa chambre retraitée depuis le souper; et n'était pas, croyez, son engin oiseux, mais labourait à toute force pour fournir la promesse à son serviteur; maintenant pensait d'un, puis maintenant d'un autre, mais rien ne lui venait à son entendement qui pût éloigner ce maudit mari; et toutefois approchait l'heure désirée. Comme elle était en ce profond penser, fortune lui fut si très amie que même son mari donna le très doux avertissement de sa dure chéance et mâle aventure, convertie en la personne de son adversaire, c'est assavoir du lit dessus dit, en joie non pareille, déduit plaisir et liesse très accomplie. Et voyez bien la façon. Le pauvre mari, voyant sa femme un peu muser et intérieurement penser, et ne savait à qui ni à quoi, la regardait très fort, puis l'une puis l'autre des femmes de céans, et aucune fois par la chambre. Tant regarda sans mot dire qu'il aperçut d'aventure au pied de la cachette un bahut qui était à sa femme. Et afin de la faire parler et l'ôter hors de son penser, demanda de quoi servait ce bahut en la chambre, et à quel propos on ne le portait pas dans la garde-robe ou en quelque autre lieu sans en faire céans parade.

— Il n'y a point de péril, monseigneur, ce dit mademoiselle; âme ne vient ici que nous; aussi je l'y ai fait laisser tout à propos pour ce qu'encore sont de mes robes dedans; mais n'en soyez pas mécontent, mon ami; ces femmes l'ôteront tantôt.

— Malcontent! dit-il, nenny, par ma foi, je l'aime autant ici qu'ailleurs, puisqu'il vous plaît; mais il me semble bien petit pour y mettre vos robes bien à l'aise, sans les froisser, attendu les grandes queues qu'on fait aujourd'hui.

— Par ma foi, monseigneur, il est assez grand.

— Il ne me le peut sembler vraiment, dit-il, et le regardez bien.

— Or ça, monseigneur, voulez-vous faire un gage avec moi?

— Oui, vraiment, dit-il, quel sera-t-il?

— Je gagerai à vous, s'il vous plaît, pour

une demi-douzaine de bien fines chemises encontre le satin d'une cotte simple, que nous vous bouterons bien dedans tout ainsy que vous êtes.

— Par ma foi, dit-il, je gage que non.

— Et je gage que si.

— Or avant, se dirent les femmes, nous verrons qui le gagnera.

— A l'éprouver, on le saura, dit monseigneur.

Et lors, s'avance et fait tirer du bahut les robes qui étaient dedans; et quand il fut vide, mademoiselle et ses femmes à quelque peine firent tant que monseigneur fut dedans tout à son aise. Et à ce coup fut grande querelle, et autant joyeuse, et mademoiselle alla dire :

— Or, monseigneur, vous avez perdu votre gageure, vous le connaissez bien, n'est-ce pas?

— Ma foi, oui, c'est raison.

Et disant ces paroles, le bahut fut fermé, et tout en jouant et riant, prirent toutes ensemble et homme et bahut, et l'emportèrent en une petite garde-robe assez loin de la chambre, et là le laissèrent. Et il crie et se démène, faisant grande noise; mais c'est pour néant, car il fut là laissé toute la belle nuit, pense, dorme, face du mieux qu'il pût; car il est ordonné par mademoiselle et son conseil privé qu'il n'en partira pas, parce qu'il a tant empêché le bien de celui qu'elle aime beaucoup mieux que lui. Pour retourner à la matière de notre propos commencé, nous laisserons notre homme au bahut, et disons de la demoiselle qu'attendait son serviteur avec ses femmes qui étaient telles, si bonnes et si discrètes, que rien ne leur était célé de ses affaires. Lesquelles savaient bien que le bien-aimé serviteur tiendra lieu la nuit de celui qui au bahut fait maintenant sa pénitence. Ne demeura guères que le bon serviteur sans faire de bruit, vint heurter à la chambre; et au heurt qu'il fit on le connut tantôt, et le fut bien qui le bouta dedans. Il fut reçu joyeusement de mademoiselle et de sa compagnie et ne se trouva garde qu'il se trouva seul avec sa dame qui lui conta bien au long la bonne fortune que Dieu leur avait donnée.

— Comment! dit le serviteur, je ne pensais pas qu'il fût céans; je pensais, moi, que vous eussiez trouvé quelque façon pour l'envoyer ou faire aller dehors et que j'eusse ici tenu son lieu.

— Vous n'en irez pourtant pas dehors, dit-elle, il n'a garde de sortir d'où il est; si vous voulez le desprisonner, je m'en rapporte à vous.

— Belle âme, il aurait bel attendre.

— Or faisons bonne chère, et n'y pensons plus.

— Pour abréger chacun se dépouilla, et se couchèrent les deux amants dedans le très beau lit, bras à bras, et firent ce pourquoi ils étaient ensemble qui mieux vaut être pensé des lisants, qu'être noté de l'écrivain.

Quand vint le point du jour, le gentil serviteur se partit de sa dame, au plus secrétement qu'il put, et vint à son logis dormir, j'espère ou déjeuner, car de tous deux avait besoin.

Mademoiselle qui n'était pas moins subtile que sage et bonne, quand il fut heure, se leva et dit à ses femmes :

— Il serait maintenant heure d'ôter notre prisonnier ; je vais ouïr ce qu'il dira et s'il se voudra mettre à finance.

— Mettez tout sur nous, se dirent-elles, nous l'apaiserons.

— Croyez qu'ainsi ferai-je, dit-elle.

Et à ces mots se signe et s'en va ; et comme non pensant à ce qu'elle faisait, tout d'aguet et d'à-propos entra dedans la garde-robe où son mari était encore dans le bahut clos. Et quand il l'ouït, il commença à faire grande noise et crier à la volée :

— Qu'est ceci ! me laissera-t-on cy-dedans.

Et sa bonne femme qui l'ouït ainsi démener, répondit craintivement, faisant l'ignorante.

— Emy ! qu'est-ce que j'ouïs crier ?

— C'est moi, de par Dieu, c'est moi, dit le mari.

— C'est vous, dit-elle, et d'où venez-vous à cette heure?

D'où je viens? dit-il; et vous le savez bien, mademoiselle; mais vous faites de moi ce que je ferai quelque jour de vous.

Et s'il eût osé, il se fût très volontiers courroucé et eût dit des injures à sa femme.

Et elle qui le connaissait, lui coupa la parole et dit :

— Monseigneur, pour Dieu, je vous crie merci; par mon serment, je vous assure que je ne vous pensais pas ici à cette heure; et croyez que je ne vous y eusse pas cherché; car j'ai chargé hier soir à ces femmes qu'elles vous missent dehors, tandis que je disais mes heures, et elles me dirent qu'ainsi feraient-elles. Et de fait l'une me vint dire que vous étiez dehors et déjà allé en la ville. Et à cette cause, je me couchai assez tôt après sans vous attendre.

— Saint Jehan, dit-il, voyez ce que c'est.

Or vous avenez de moi tirer d'ici, car je suis tant las que je n'en puis plus.

— Cela ferai-je bien, monseigneur, dit-elle, mais ce ne sera pas devant que vous m'ayez promis de moi payer la gageure qu'avez perdue; et pardonnez-moi toutefois, car autrement je ne puis le faire.

— Et avancez, de par Dieu, dit-il, je vous paierai sûrement.

— Et ainsi, vous le promettez?

— Oui, par ma foi.

Et ce procès fini, mademoiselle ouvrit le bahur et monseigneur sortit dehors, lassé, froissé et travaillé.

Et elle le prend à bras et baise et accole tant doucement qu'on ne pourrait plus et lui priant pour Dieu qu'il ne soit pas malcontent.

Et le pauvre cocquard dit que non est-il, puisqu'elle n'en savait rien; mais il punira trop bien ses femmes, s'il y peut advenir.

— Par ma foi, monseigneur, dit-elle, elles se sont bien vengées de vous; je ne doute point que vous ne leur ayez fait quelque méfait.

— Non, certes, que je sache, mais croyez que le tour qu'elles m'ont fait leur sera chèrement vendu.

Il n'eut pas fini ce propos quand ces femmes entrèrent dedans, qui si très fort riaient et de si grand cœur qu'elles ne surent dire mot après. Et monseigneur qui devait faire merveille, quand il les vit rire en ce point, ne se put contenir de les contrefaire.

Et mademoiselle, pour lui faire compagnie, ne s'y feignait point. Mais ce passetemps passa, et dit monseigneur :

— Mesdemoiselles, je vous mercie beaucoup de la courtoisie que vous m'avez faite.

— A votre commandement, répondit l'une; encore n'êtes-vous pas quitte : vous nous avez fait et faites toujours tant de peine que nous vous avons gardé cette pensée.

Comme un chien qui secoue la tête au matin était monseigneur; car il ne lui fallut qu'une secousse de verges à nettoyer sa robe et ses chausses qu'il ne fût prêt. Et ainsi à la messe s'en va, et mademoiselle et ses femmes le suivent, qui faisaient de lui, je vous assure, de grandes risées; et croyez que la messe ne se passa pas sans foison de ris soudains, quand il leur souvenait du gîte que monseigneur a fait au bahut, lequel ne le sait, encore qui fut cette nuit enregistré au livre qui n'a pas de nom. Et si n'est que vienne d'aventure cette histoire ses mains, jamais n'en aura si Dieu plaît, la connaissance, ce que pour rien je ne voudrais. Aussi je prie aux lisants qui le connaissent qu'ils se gardent bien de lui montrer.

Monseigneur de Beauvoir.

VII

LE SIÈGE PRÊTÉ ET RENDU

Certain comte, nommé Henri, avait pour sénéchal un homme dur, avare et brutal. Il fût, je crois, crevé de dépit, s'il eût vu son seigneur faire du bien à quelqu'un. Ce n'était pas, au reste, qu'il fût attaché extrêmement à sa personne ou zélé pour ses intérêts : le fripon, au contraire, le volait tant que durait la journée et n'était occupé qu'à escamoter vin, poulets et chapons, pour aller tout seul dans la dépense s'empiffrer comme un pourceau. Mais tel était son caractère, il ne se saoûlait que pour lui seul. Cette humeur revêche occasionnait quelquefois, surtout quand il arrivait des étrangers au château, des scènes divertissantes dont s'amusait le comte. Ceux qu'elles regardaient n'en riaient pas d'aussi bon cœur, et il n'y en avait aucun d'eux qui n'eût donné volontiers bien des choses pour voir le bourru corrigé comme il le méritait.

Un jour Henri, qui était noble et généreux, annonça qu'il tiendrait cour plénière, et il le fit publier dans tout son voisinage. Chevaliers, dames, écuyers, il y vint un monde prodigieux. La fête fut somptueuse; partout des portes ouvertes, partout des tables dressées, et la plus grande profusion. Il ne faut pas demander quelle fut dans ce jour l'humeur du sénéchal.

— Ces gueules affamées, disait-il en grondant, n'ont peut-être pas une fois dans l'année mangé tout leur appétit; elles viennent ici se saoûler à nos dépens. Courage, messieurs; prenez, demandez, n'ayez pas honte.

On voit bien que vous n'êtes pas chez vous!

Dans ce moment, entra un bouvier crasseux et mal peigné, nommé Raoul, qui revenait de la charrue.

— Que vient faire ici ce gredin, demanda l'ordonnateur en colère ?

— Eh! parbleu, répondit le manant, j'y viens manger, puisqu'on y régale.

Et en même temps, il pria le sénéchal de lui faire donner une place, car il n'y en avait pas une seule de vide, tout était pris. Le sénéchal, furieux, lui allongea de toute sa force un coup de pied dans le derrière :

— Tiens, lui dit-il, assieds-toi là-dessus, je te prête ce siège.

Cependant, quand il eut réfléchi que si le comte venait à être instruit de cette violence, il pourrait lui en faire des reproches, il voulut apaiser un peu le bouvier, et fit signe qu'on lui donnât à manger. Raoul affecta de rire, mais il résolut intérieurement de se venger s'il le pouvait, se retira dans un coin où il s'arrangea comme il put, et, après avoir bien bu, bien mangé, il passa dans la salle.

Le comte venait d'y faire entrer les ménétriers et les jongleurs pour amuser l'assemblée. Afin de les exciter à bien faire, il avait promis sa belle robe neuve d'écarlate à celui d'entre eux qui ferait le plus rire. Tous, aussitôt, se piquant à l'envie de se surpasser : on vit les uns conter des fabliaux ou chanter, les autres faire des tours de passe-passe, celui-ci contrefaire l'ivrogne, celui-là le niais; d'autres représenter des querelles de femmes; chacun enfin s'ingénier à qui imaginerait quelque chose de plus plaisant.

Raoul debout au milieu de la salle, sa serviette en main, s'amusait à les regarder, et riait de tout son cœur. Mais quand tout fut fini, il s'approcha du sénéchal qui était auprès du comte, et lui lança dans les fesses, à son tour, un tel coup de pied, qu'il lui fit donner du nez en terre.

— Sire, ajouta-t-il, voilà votre serviette et puis votre siège que je vous rends. Rien n'est tel que les honnêtes gens, voyez-vous. Avec eux, rien n'est perdu.

Cependant, la chute du sénéchal avait fait jeter un cri à l'assemblée. Les domestiques étaient accourus. Déjà ils s'apprêtaient à emmener le vilain pour châtier son manque de respect, quand le comte, le faisant approcher, lui demanda pourquoi il avait frappé son officier.

— Monseigneur, répondit Raoul, on m'a dit que je pouvais faire bonne chère au château, et j'y suis venu, puisque c'est un effet de votre bonté. Mais les autres avaient été plus alertes que moi. J'ai donc prié monsieur votre sénéchal qu'il me procurât une petite place, et lui qui est fort poli, m'a fait tout de suite présent d'un coup de pied, en me disant qu'il me prêtait ce siège-là. A présent que j'ai mangé et que je n'ai pas besoin de son siège, je suis venu le lui rendre. Je vous prends à témoin, monseigneur, que je n'ai plus rien à lui ; car, quoiqu'un pauvre homme, j'ai de la conscience. Si, pourtant, il en voulait encore un pour le louage du sien, il n'a qu'à le dire, me voilà tout prêt.

A ces mots, le comte et tous les spectateurs éclatèrent de rire. Le sénéchal, pendant ce temps, se grattait le derrière, et son air décontenancé ajoutait encore au comique de la scène. Enfin, on rit si fort et si longtemps, que le comte adjugea sa robe à Raoul, et que les jongleurs eux-mêmes convinrent qu'il l'avait méritée.

En s'en allant, le bouvier se disait :

— On dit communément que pour faire quelque chose dans ce bas-monde, il faut sortir de chez soi. Le proverbe a parbleu raison ! car, si je n'étais pas venu ici, je n'aurais pas aujourd'hui une bonne et belle robe.

Traduit d'Un Conteur du XIIe siècle.

VIII

ANECDOTES FEMININES

PAR BRANTÔME

Étant un jour à la Cour d'Espagne, je devisais avec une fort honnête et belle dame, mais pourtant un peu âgée, qui me dit ces mots :

— Aucunes dames belles, ou du moins fort peu, se font vieilles de la ceinture jusques en bas.

Je lui demandai comment elle l'entendait, si c'était, ou la beauté du corps (de cette ceinture en bas) qui ne diminuait aucunement par la vieillesse, ou l'envie et l'appétit de la concupiscence qui venaient à ne s'éteindre ni se refroidir par le bas aucunement.

Elle répondit qu'elle l'entendait et de l'un et de l'autre :

— Car, disait-elle, quant à la piqûre de chair, il ne faut pas penser que l'on s'en guérisse seulement par la mort, quoiqu'il semble que l'âge y veuille répugner ; d'autant plus que toute femme belle s'aime extrêmement, et, en s'aimant, ce n'est point pour elle, mais pour autrui. Elle ne ressemble nullement à Narcisse, qui, fat qu'il était, aimé de soi et de soi-même amoureux, abhorrait toutes autres amours.

La belle femme ne tient rien de cette humeur ; et j'ai ouï raconter d'une très belle dame, laquelle, s'aimant et se plaisant fort bien souvent seule et à part soi, dans son lit se mettait toute nue, et en toutes postures se contemplait, s'admirait et se regardait lascivement, en se maudissant d'être vouée à un seul qui n'était digne d'un si beau corps, entendant son mari nullement égal à elle. Enfin, elle s'enflamma tellement par telles contemplations et visions, qu'elle dit adieu à sa chasteté et à son sot vœu marital, et fit amour et serviteur nouveau. Voilà donc comment la beauté allume le feu et la flamme d'une dame, qui la transporte à ceux qu'elle veut ensuite, soit aux maris ou aux serviteurs, pour les mettre en usage; et voilà aussi comment un amour en amène un autre.

* * *

L'on dit aussi que tous exercices décroissent et diminuent par l'âge, qui ôte la force aux personnes pour les faire valoir, fors celui de Vénus, qui se pratique très doucement, sans peine et sans travail, dans un mol et beau lit, et très bien à l'aise. Je parle pour la femme, et non pour l'homme, à qui pour cela tout le travail et corvée échoit en partage. Lui donc, privé de ce plaisir, s'en abstient de bonne heure, bien que ce soit en dépit de lui; mais, la femme, en quelque âge qu'elle soit, reçoit en soi, comme une fournaise, tout feu et toute matière (j'entends si on lui en veut donner). Mais il n'y a si vieille monture, si elle a désir d'aller et veuille être piquée, qui ne trouve quelque chevaucheur malotru; et quand bien même une femme âgée n'en saurait choisir bonnement, et n'en trouverait à point comme en ses jeunes ans, elle a de l'argent et des moyens pour en avoir au prix du marché, et de bons, comme j'ai ouï dire.

***

Toutes marchandises qui coûtent cher fâchent fort la bourse, contre l'opinion d'Héliogabale, qui, tant plus il achetait les viandes chères, tant meilleures les trouvait-il; excepté la marchandise de Vénus, laquelle tant plus coûte, tant plus plaît, pour le grand désir que l'on a de bien faire valoir la besogne et denrée que l'on aura bien achetée, et le talent que l'on a en main, on le fait valoir au triple, voire au centuple, si l'on peut.

Ce fut ce que dit une courtisane espagnole à deux braves cavaliers qui prirent querelle pour elle, et, sortant de son logis, mirent les épées en mains et commencèrent à se battre ; elle mit la tête à la fenêtre et leur cria :

— Messieurs, mes amours se gagnent avec l'or et l'argent, et non avec le fer !

Voilà comme tout amour bien acheté est bon. Force dames et cavaliers qui ont trafiqué tels marchés en savent que bien dire. Mais, ce ne sera point à moi chose superflue, que d'alléguer des exemples de plusieurs dames qui ont brûlé en leur vieillesse aussi bien qu'en jeunesse, et entretenu leurs feux par seconds et nouveaux maris ou serviteurs.

Nous lisons de l'empereur Caligula que de toutes les femmes qu'il eut, il aima Cézonnia, non tant par sa beauté ni sa jeunesse, car elle était déjà fort avancée, mais à cause de sa grande lascivité et de la grande industrie qu'elle avait pour l'exercer, industrie que la vieille saison et la pratique lui avaient apportée. Il la menait ordinairement aux armées avec lui, habillée et armée en garçon, chevauchant de même à côté de lui, et il allait jusques à la montrer souventes fois à ses amis toute nue, et leur faire voir ses tours de souplesse. Il fallait bien que l'âge n'eût rien diminué en cette femme de beau et de lascif, puisqu'il l'aimait tant. Néanmoins, avec tout ce grand amour qu'il lui portait, bien souvent, quand il l'embrassait et touchait à sa belle gorge, il ne se pouvait empêcher de lui dire, tant il était sanglant :

— Voilà une belle gorge, mais aussi il est en mon pouvoir de la faire couper.

Une grande dame avait été très belle et très adonnée à l'amour.

Un de ses anciens serviteurs l'ayant perdue de vue pendant l'espace de quatre ans, pour quelque voyage qu'il entreprit et duquel il retournait, la trouva fort changée en ce beau visage qu'il lui avait vu autrefois, et à cause de cela, il en devint si fort dégoûté et refroidi, qu'il ne la voulut plus attaquer, ni renouveler avec elle le plaisir passé. Elle le rêconnut bien et fit tant qu'elle trouva moyen qu'il la vînt voir dans son lit. Un jour, elle contrefit la malade, et lui l'étant venu voir, elle lui dit :

— Je sais bien, monsieur, que vous me dédaignez à cause de mon visage changé par mon âge; mais tenez, voyez s'il y a rien de changé là (et sur ce elle lui découvrit toute la moitié du corps nu en bas); si mon visage vous a trompé, cela ne vous trompe pas.

Le gentilhomme la contemplant et la trouvant par là aussi belle et nette que jamais, entra aussitôt en appétit, et mangea de la chair qu'il pensait être pourrie et gâtée.

***

Un jeune cavalier espagnol, parlant d'amour à une dame âgée, mais pourtant encore belle, elle lui répondit :

— Comment, à mes complies, me parlez-vous ainsi ?

Elle voulait signifier par ces mots, les complies, son âge et le déclin de ses beaux jours et l'approche de sa nuit.

Le cavalier lui répondit :

— Vos complies valent plus et sont plus belles et gracieuses que les matines de quelque autre dame.

***

M. de Ronsard parlait à un médecin, qui venait voir sa maîtresse soir et matin, bien plus pour lui tâter son téton, son sein, son ventre, son flanc et son beau bras, que pour la médiciner de la fièvre qu'elle avait ; dont il ne fit un très gentil sonnet, qui est dans son second livre des *Amours*, et qui ainsi commence :

> Ha! que je porte et de haine et d'envie
> Au médecin qui vient soir et matin,
> Sans nul propos, tâtonner le têtin,
> Le sein, le ventre et les flancs de m'amie!

* * *

Constance, reine de Sicile, qui, dès sa jeunesse et toute sa vie, n'avait bougé d'un cloître en chasteté, vint à s'émanciper au monde à l'âge de cinquante ans.

Bien qu'elle ne fût pas belle, mais toute décrépite, elle voulut tâter de la douceur de la chair et se marier, et elle engrossa d'un enfant à l'âge de cinquante-deux ans. Elle voulut accoucher publiquement dans les prairies de Palerme, y ayant fait dresser une tente et un pavillon exprès, afin que le monde n'entrât en doute que son fruit fût aposté. Ce qui fut un des grands miracles que jamais on ait vus depuis sainte Élisabeth.

*
* *

J'ai ouï parler d'une dame, qui, tant qu'elle couchait sur jour avec son ami, elle couvrait son visage d'un beau mouchoir blanc d'une fine toile de Hollande, de peur que, la voyant au visage, le haut ne refroidît et empêchât la batterie du bas et ne s'en dégoutât; car il n'y avait rien à dire au bas du beau passé. Sur quoi il y eut une fort honnête dame, dont j'ai ouï parler, qui rencontra plaisamment, à laquelle un jour son mari lui demandant « pourquoi son poil d'en bas n'était pas devenu blanc et chenu comme celui de la tête :

— Ha! dit-elle, le méchant traître qu'il est, qui a fait la folie, ne s'en ressent point, ni ne la boit point. Il la fait sentir et boire à d'autres de mes membres et à ma tête; d'autant qu'il demeure toujours sans changer, et en même état et vigueur, en même disposition, et surtout en même chaud naturel, et à même appétit et santé, et non des autres membres, qui en ont pour lui des maux et des douleurs, et mes cheveux qui en sont devenus blancs et chenus.

Elle avait raison de parler ainsi; car cette partie leur engendre bien des douleurs, des gouttes et des maux, sans que leur galant du mitan s'en sente; et, pour trop être chaudes à cela, disent les médecins, deviennent ainsi chenues. Voilà pourquoi les belles dames ne vieillissent jamais par là en toutes les deux façons.

J'ai ouï raconter à aucuns, qui les ont pratiquées, jusques aux courtisanes, qui m'ont assuré n'en avoir vu guère de belles être venues vieilles par là; car tout le bas et le mitan, et cuisses, et jambes, avaient le tout beau, et la volonté et la disposition pareilles au passé. Même j'en ai ouï parler à plusieurs maris qui trouvaient leurs vieilles (ainsi les appelaient-ils) aussi belles par le bas comme jamais, en vouloir, en gaillardise, en beauté, et aussi volontaires, et n'y trouvaient rien de changé que le visage; et aimaient autant coucher avec elles qu'en leurs jeunes ans.

Au reste, combien y a-t-il d'hommes qui aiment autant de vieilles dames pour monter dessus plutôt que sur des jeunes; tout ainsi comme plusieurs qui aiment mieux des vieux chevaux qui ont été si bien appris en leur jeunesse, qu'en leur vieillesse vous n'y trouverez rien à dire, tant ils ont été bien dressés, et ont continué leur gentille adresse.

TABLE

Paris. — Imp. Paul Dupont (Cl.) 1216.11.90.

www.ingramcontent.com/pod-product-compliance
Ingram Content Group UK Ltd.
Pitfield, Milton Keynes, MK11 3LW, UK
UKHW021558260726
13993UKWH00002B/911

9 782329 222400